Antje Szillat
und
Jan Birck

präsentieren:

Originalausgabe
8. Auflage 2023

Dieses Werk wurde vermittelt durch die
Literarische Agentur Thomas Schlück GmbH, 30161 Hannover
Umschlagbild: Jan Birck
Gesetzt aus der Optima 14/20°
Satz: Eberl & Koesel Studio, Kempten
Druck und Bindung: Druckerei Pustet, Regensburg
Gedruckt auf säurefreiem, chlorfrei gebleichtem Papier
Printed in Germany • ISBN 978-3-423-76156-7

Flätscher

Die Sache stinkt!

dtv

WILDER ELCH

1

Es war ein regnerischer Morgen, als ich mich gähnend aus dem Bett wühlte. Nach vielem Strecken und Recken, elf Kniebeugen und siebendreiviertel Liegestützen begann es in meinem Bauch mächtig zu rumpeln.

HUNGER!

»*Wilder Elch*, ich komme!«, rief ich voller Tatendrang und verließ mein stilvolles Zuhause.

Bis zur Frühstücksbar des Restaurants *Wilder Elch* waren es nur wenige Schritte.

Ich zog die extrem breiten Schultern hoch und marschierte durch den lästigen Nieselregen. Minisekunden

später öffnete ich auch schon den ersten Deckel – und kippte fast hintenüber.

»Bäääh, was, in aller Welt, ist das???«

Es roch seltsam und sah noch viel seltsamer aus … aber es lag eindeutig in meiner Lieblingstonne, in der Semmelknödel-und-andere-Leckerbissen-Tonne!

An dieser Stelle sollte ich vielleicht anmerken, dass ich Semmelknödel liiiebe! Es gibt nichts, was meinen ständig knurrenden Magen mehr beruhigt, als diese klumpig-runden Dinger.

»Es muss sich um einen Irrtum handeln«, vermutete ich. »Und zwar um einen großen!«

Ich musste das aufklären, denn auf gar keinen Fall wollte ich so etwas essen.

Doch bevor ich mich bei Spitzenkoch Bode beschweren würde, sollte er noch eine letzte Chance bekommen. Ich meine, Irren ist schließlich menschlich – hatte ich mal gehört. Und ich war bestimmt kein Untier.

Also trabte ich zur nächsten Tonne. Doch gerade als ich sie öffnen wollte, öffnete sich auch etwas anderes, nämlich die Hintertür des Wilden Elch!

»Verflixte Grütze! Jetzt reicht es aber!«

Auweia, die Stimme kannte ich. Allerdings hatte sie noch niemals so gefährlich nah in meinem Trommelfell gescheppert wie jetzt.

Blitzschnell fuhr ich herum, duckte mich, tauchte elegant weg, sprintete zur Seite, hüpfte nach oben, flitzte im Kreis – und scheiterte jämmerlich. Was eindeutig an der schlapp machenden Leere in meinem Magen lag.

Is ja wohl logomanisch!

Der garstige – wenn auch sehr begabte – Spitzenkoch Bode hatte mich erwischt.

Dir werde ich's zeigen, du Lump!
STÜLP
ZACK

Lump? Aber hallo, derartige Beschimpfungen verbitte ich mir, schoss es mir noch empört durch den Kopf. Danach wurde es dunkel um mich herum.

Nachtschwarz-bitterfinster-grausigaussichtslos-tiefdunkel!

»Papaaa«, durchbrach Sekunden später eine schief krächzende Stimme meine einsame Finsternis. »Gibt es heute Semmelknödel zum Mittag?«

»Theo, jetzt nicht. Ich habe gerade die verdammte Katze gefangen!«

KATZE??? Wie bitte???

»Wo?«

»Na, hier im Kartoffelsack!«

Verträufelt! Ich steckte also in einem billigen Sack fest.

Wie demütigend.

Wie peinlich.

Wie gemein.

Und kratzen tat das scheußliche Ding auch noch wie irre.

»Ich sehe aber nix.

Und was ist denn jetzt mit den Semmelknödeln? Gestern gab es auch schon keine.«

Aha, so war das also. Mein Lieblingsgericht hatte gar nicht auf der Speisekarte gestanden. Und noch etwas surrte mir durch den Kopf – trotz meiner traurigen Gefangenschaft. Dieser Theo, den ich bisher nur vom flüchtigen Sehen kannte, war scheinbar genauso verrückt nach Semmelknödeln wie ich.

Wenn das mal kein Zeichen war!

Mit aller Kraft wühlte ich mich durch den Sack. Wild entschlossen, Bode zu zeigen, dass ich bestimmt keine dusselige Katze war.

»Theo, jetzt hilf mir doch mal«, motzte der Spitzenkoch.

»Bist du dir sicher, Papa«, quiekte Theo, »dass du eine Katze gefangen hast? Und was hast du überhaupt mit ihr vor? Du willst sie doch wohl nicht braten?!«

»Blödsinn, natürlich nicht. Ich bin schließlich

ein Spitzenkoch. Das Viech kommt ins Tierheim. Oder in den Zoo. Oder ich bring es zu dem Wanderzirkus, der gerade am Stadtrand gastiert. Hauptsache, weit, weit weg von unserem Hinterhof!«

Ich musste trocken schlucken. Ich sollte aus dem Hinterhof verbannt werden? Weg von meinem geliebten Zuhause? Von meinen noch mehr geliebten Knödeln?

NIEMALS!

Meine Wut schwoll an, verlieh mir ungeahnt neue Kräfte und entlud sich in einem gewaltigen **ZIIISCH.**

»O mein Gott, was stinkt hier bloß so grausam?«, röchelte Spitzenkoch Bode.

Im nächsten Moment sah ich Licht am Ende des Tunnels … ähm, des Sacks und schoss los.

Ich überlegte nicht lange, wohin. Viele Möglichkeiten gab es eh nicht. Genau genommen nur EINE!!!

»Uargh«, machte es leise, als ich in Theos Hosenbein huschte. Ich umklammerte sein Bein und dachte:

Wie doof bist du eigentlich? Der Junge wird gleich loskreischen, und dann bist du endgültig geliefert.

Bye, bye, coolster Hinterhof aller Zeiten, adieu, leckerste Lieblingsspeise des Universums.

Doch Theo erstarrte zur Salzsäule und gab keinen Mucks von sich. Nicht den leisesten.

Dann setzte er sich in Bewegung – steifen Schritt für steifen Schritt. Oha, oha …

Irgendwo in der Ferne hörte ich Spitzenkoch Bode jämmerlich fluchen. »Um Himmels willen, was war das? Ich denke, eine Geistererscheinung. Eine mit Stinke schießende Geistererscheinung. Jetzt müffele ich bestimmt zwei Wochen lang … herrje, herrje …«

Ich bin übrigens Flätscher, das cleverste Stinktier der Großstadt, und wenn ich geahnt hätte, dass Theo …
Halt! Nein! Stopp! Immer schön der Reihe nach.
Is ja wohl stinkologisch!

2

»Wie-wer-was bist-bist d-du?«

Ach, du meine Güte, dieser Theo war ein St-stotter-er.

»Flätscher, angenehm, mein Name ist Flätscher!«, stellte ich mich vor.

Theos Augen wurden zu Bowlingkugeln. In echt!

»Du-du … äh … du-du kannst ja-ja spre-sprechen?!«

Der gute Theo leider nicht. Zumindest nicht fließend. Aber das sagte ich nicht laut. Wollte den Bengel ja nicht beleidigen. Immerhin hatte er mich gerade vor einem wütenden Spitzenkoch gerettet.

Und jetzt mal so richtig im Vertrauen, ich war

ebenso baff. Aber ich ließ es mir null anmerken. Dass ich, das coolste und intelligenteste Stinktier des Hinterhofes, ach was, der Großstadt, der Welt, des Universums – looocker –, die Menschensprache verstand, war absolut nicht neu für mich. Aber dass ein Mensch, also dieser Theo, auch mich verstand, verträufelt, verträufelt, das war sensationell. Und bisher noch niiiemals vorgekommen.

Allerdings gefiel mir der Ort, an dem Theo und ich uns jetzt befanden, so überhaupt nicht. Hier war es mir viel zu schattig. Und es stank ganz ätzend nach Marderkötteln. Und überall pappte Staub. Grrr … schon begann es ganz gruselig in meinem Riechkolben zu jucken. **Baaah!** Das konnte ich ja komplett nicht leiden.

»Dieser Speicher, Theo, ist eigentlich kein Ort, an dem ich mich aufhalten möchte.«

»Ähm, woher kennst du meinen Namen?«

Oha, dieser Theo konnte ja doch fließend sprechen. Dennoch rümpfte ich die Nase. Einmal wegen des Staubes, zum anderen wegen der dusseligen Frage.

Hallo! Is ja wohl logissimo, dass ich in meinem Hinterhof alles und jeden kenne.

»Ich wohne hier, du wohnst hier!«, klärte ich ihn auf. »Kapiert?«

»Nö, eigentlich nicht so richtig«, erwiderte Theo.

Ich seufzte tief. »Unter Nachbarn kennt man sich im Allgemeinen.« So allmählich sollte wohl endlich der Groschen bei ihm gefallen sein.

»NACHBARN???«

Meine Güte aber auch, da traf ich endlich mal auf einen Menschen, der so fortentwickelt war, dass er die gehobene Tiersprache – also meine – verstand. Und was passierte? Er stellte sich als extrem-nichts-kapierend heraus.

Klaro, für mich war es auch ungewohnt, dass ich mich mit einem Menschen unterhalten konnte. Aber starrte ich deshalb diesen Theo die ganze Zeit mit Untertassenaugen an und stellte ihm dusselige Fragen? **NEIN!**

»Na ja, wie auch immer, Theo, danke, dass du mich nicht verpetzt hast. Ich geh jetzt mal wieder zurück in mein wesentlich stilvolleres Zuhause und schlafe eventuell noch ein Stündchen. Dir wünsche ich einen spitzenmäßigen Tag. **Ciao – Adieu – Goodbye!«**

Ich setzte zum eleganten Sprung an, um dann gemütlich zur Speichertür zu trappeln. Doch Theo hielt mich zurück. Und zwar – unerhört! – an der Spitze meines sehr buschigen Schwanzes. Auf den ich übrigens ziemlich stolz bin.

»Ey, eeeyyy, lass das!«, regte ich mich auf.

Weil Theo aber trotzdem nicht losließ, lud ich meine Stinkekanone durch und hatte prompt mal wieder Ladehemmungen. Verträufelt, verträufelt. Wie gut, dass ich gerade erst vorgestern meine erste voll mechanische Stunkpistole entwickelt hatte – wie blöd, dass ich die natürlich nicht bei mir trug.

»Bitte, Flätscher, bleib doch hier«, flehte Theo mich an. »Ich hab nämlich noch niemals einen sprechenden Marder getroffen, weißt du?!«

M.A.R.D.E.R.

»Wo ist hier ein Marder?«, rief ich sofort alarm- und kampfbereit. Ey Mann, Marder konnte ich ja üüüberhaupt nicht ausstehen. Tooootal nicht!

Theo kratzte sich am Kinn. »Äh, na ja, ich dachte, du bist ein Marder ...?!«

»WIE BITTE? ICH? ICH SOLL EIN MARDER SEIN? Geht's noch? Hast du etwa schon mal einen Marder getroffen, der sprechen kann? Der annähernd so gut wie ich aussieht? Der so elegant, raffiniert, mutig und überaus weltgewandt ist?«

»Nö«, nuschelte Theo kleinlaut.

»Na also!«, triumphierte ich. »Wie kommst du dann auf das schmale Brett, ich sei ein bäh-ekel-bäh-dummer Marder?«

Theo zuckte erst ratlos die Schultern. Dann klappte er den Mund auf. Doch bevor etwas über seine dünnen und ziemlich blassen Lippen kam, erklang Spitzenkoch Bodes beißende Stimme in nicht allzu weiter Ferne.

»Theo? Theeeooo?«

»Verträufelt, nicht der schon wieder«, stöhnte ich.

»Mein Vater ruft nach mir«, sagte Theo.

Herrje, da wäre ich jetzt bestimmt nicht draufgekommen.

»Ich muss mal schnell zu ihm laufen und schauen, was er will«, fuhr Theo unbeirrt von meinem heftigen Augenrollen fort. »Sonst kommt er noch hierher. Und dann entdeckt er dich. Und, na ja, er würde sich ganz schön wundern, wenn er mich mit einem … also, mit einem …?«

»Stinktier! Ich bin ein Stinktier, falls du es immer noch nicht kapiert haben solltest«, knurrte ich. »Und bestimmt kein **MARDER** und noch bestimmter keine **KATZE**!«

»Ah ja, klar doch«, beeilte Theo sich, so zu tun, als ob er es längst gewusst hätte. »Jedenfalls würde mein Vater staunen, wenn er mitkriegt, dass ich hier im Speicher mit einem Stinktier rede. Schließlich passiert so etwas nicht jeden Tag.«

Okay, in diesem Fall hatte Theo natürlich locker recht. Und ich bestimmt keine Lust, erneut fies und hinterhältig in einen kratzigen Kartoffelsack gesteckt zu werden – auch wenn ich Kartoffelprodukte äußerst lecker-schmecker finde.

»Wartest du hier bitte kurz auf mich?!«, bat Theo. Dabei kullerte er dermaßen mit den hellblauen Augen, dass mir prompt etwas schummrig wurde. Nur deshalb willigte ich ein. Und weil

Theo schon irgendwie ziemlich … na ja, voll in Ordnung ist. Außerdem knurrte mein Magen richtig schlimm. Und Theo wusste bestimmt, wo Spitzenkoch Bode die Semmelknödel versteckt hielt.

»Na gut«, sagte ich. »Aber ewig hocke ich hier nicht rum. Und bring mir Semmelknödel mit, hörst du, Theo?«

Theo guckte zwar extrem ungläubig, aber er nickte, bevor er zur Tür hinaushuschte.

3

»Was treibst du dich schon wieder vor dem Speicher herum, du Bengel?«

Ich hockte hinter der Tür. Angestrengt lugte ich durch den kleinen Schlitz in den Innenhof. Dort hatte sich gerade die steinalte, krummbucklige und extrem unfreundliche Knesemeier vor Theo aufgebaut. Rrrasbo, ihr hässlicher Kater, schlich um ihre dürren braunen Strickstrumpfhosenbeine herum.

»Seit wann ist das denn verboten?«, erwiderte Theo unschuldig. Doch seine Stimme klang leicht eingeschüchtert. Kein Wunder, die Knesemeier war mit Abstand die böseste und gehässigste alte Frau des Viertels.

»Unerhört, jetzt wirst du also auch noch frech

und gibst Widerworte. Das ist ja nicht zum Aushalten mit dir.«

Oha, die alte Knesemeier war heute wirklich ganz besonders finster gelaunt. Theo wurde unter ihrem bösen Blick zunehmend kleiner und mickriger. Ich musste etwas unternehmen. Irgendwie fühlte ich mich für Theo verantwortlich – außerdem hatte er mich vorhin ja auch gerettet.

Also schob ich mich durch den Schlitz und gab sofort Vollgas.

»Arrrrriba!«, brüllte ich, zu allem entschlossen.

»Rrrasbo, du Tölpel«, fluchte die fiese Knesemeier.

Der dusslige Kater hatte natürlich sofort meine Verfolgung aufgenommen – und war dabei prompt seinem Frauchen in die knochigen Waden gesprungen. Hach, auf Rrrasbos Dummheit war eben Verlass. Ich sauste um die Mülltonnen herum, Rrrasbo mir nach.

Die Knesemeier hatte inzwischen begriffen, warum ihr Kater so verrücktspielte.

»Los, Rrrasbo, schnapp ihn dir!«, keifte sie.

Von wegen. Als ob der fette Kater auch nur den Hauch einer Chance hatte, mich zu kriegen. Das wusste natürlich auch die Knesemeier. Sie wandte sich von Theo ab und nahm ebenfalls meine Verfolgung auf.

Und genau das hatte ich beabsichtigt!

»Los, Theo, lauf nach rechts rüber zur Mauer! Wir treffen uns gleich dort.«

Hinter mir fauchte Rrrasbo wütend. Doch ich schlug erst einen rasanten Haken, flitzte dann nach links, gleich darauf nach rechts. Ein Blick über meine Schulter – Rrrasbo hatte wie geplant durch meinen geschickten Zickzackkurs komplett die Orientierung verloren. Dafür heftete sich die alte Knesemeier nun gefährlich nah an meine flinken Pfoten.

»Gleich hab ich dich, du Ratte!«, keifte sie höhnisch.

Katze, Marder und nun auch noch **Ratte** – hatten die irgendwie heute alle 'nen Knick in der Pupille?

»Ziiisch!«, machte ich, und diesmal hatte ich keine Ladehemmungen – tja, Strafe musste sein.

»Bäääh, ihhh, urrrghhh«, keuchte die alte Knesemeier. »Was ist das? Ich-ich erstinke gleich. Uuuu, mir wird plötzlich ganz schummrig.«

So, die war ich los. Rrrasbo übrigens auch. Der tappte nämlich wie ein Muttersöhnchenkater zu seinem benebelten Frauchen hin und glotzte es mitleidig an.

Ich gab mein triumphierendes Stinktierlachen zum Besten. Dann huschte ich entspannt rüber zur Mauer.

Theo stand mit mehlweißem Gesicht davor und blickte mir beeindruckt entgegen. »Mannomann, Flätscher, denen hast du es aber gezeigt.«

Lässig zuckte ich die Schultern. »Das war ein Klacks für mich. Sozusagen eine meiner leichtesten Übungen. Schließlich bin ich nicht irgendein gewöhnliches Großstadt-Hinterhof-Stinktier.«

»Ähm … nicht?«, fragte Theo.

Ich baute mich in meiner ganzen beeindruckenden Größe und Schönheit vor Theo auf und erklärte: **»Natürlich nicht!«**

Dieser Theo und seine sonderbaren Fragen. Trotzdem mochte ich ihn – irgendwie. Keine Ahnung, warum. Schließlich war er das glatte Gegenteil von mir: blass, verträumt, wenig geschickt, kaum wendig, ziemlich lahm. Aber wahrscheinlich spürte ich aufgrund meiner unglaublichen Intelligenz, dass Theo jemanden brauchte, der ihm ein wenig unter die dünnen Arme griff. Und, na ja, derjenige war dann wohl eindeutig ich.

»Hast du die Semmelknödel dabei?«, fragte ich Theo.

Theo nickte. »Direkt aus dem Kochtopf vom Wilden Elch gefischt.«

Allein der Gedanke an die Lecker-schmecker-Knödel ließ mir das Wasser im Mund zusammenlaufen. Ich blickte mich kurz nach allen Seiten um. Die Knesemeier wankte gerade zurück zu ihrem Hauseingang. Rrrasbo schlich ihr mit Blödkatermiene hinterher. Also gab ich Theo zu verstehen, dass er mir folgen sollte.

»Entschuldige, Flätscher, aber da geht es nicht weiter. Da steht eine Mauer, schon seit einer Ewigkeit.«

Gönnerhaft rümpfte ich die schwarze Stinktiernase. »Komm einfach mit, Theo, und lerne von mir.«

Wenige Sekunden später sah sich Theo mit offenem Mund in meinem prächtigen Zuhause um.

»Wow, das-das ist-ist ja … wow … Und dieses Auto da drüben, ist das etwa ein Rolls-Royce?«

Ich nickte lässig. »Meine Villa. Standesgemäß. Schließlich entstamme ich blaublütigem Stinktieradel.«

Okay, okay, das war vielleicht etwas übertrieben. Kurz bevor Mamilein der Großstadt den Rücken gekehrt hatte, weil es ihr hier einfach zu miefig, stressig und hektisch war, hatte sie mal geäußert, dass mein Vater einer äußerst ehrwürdigen Familie angehören würde. Und ehrwürdig hörte sich für mich haargenau wie blaublütig an.

BASTA!

»Ich wusste gar nicht, dass hinter der Mauer eine Garage ist.« Theo kam aus dem Staunen überhaupt nicht mehr raus. »Und wer, ich meine, wem gehört das alles hier?«

»Natürlich mir!« Ich machte es mir auf der Terrasse gemütlich. »Is ja wohl logomanisch!«

»Wow«, machte Theo schon wieder. **Hielt er sich etwa für einen Hund?**

»Nun gut, nun gut«, kam ich auf den eigentlichen Anlass zu sprechen, der Theo in die außerordentlich glückliche Lage versetzt hatte, Gast in meinem erstklassigen Zuhause sein zu dürfen. »Wärst du wohl nun so gütig und servierst mir das Lieblingsmahl?!«

»Hä?« Oha, oha, Theo kapierte es nicht.

Da musste ich wohl deutlicher werden.

»Ich habe **Hunger**, Theo. Mein Magen knurrt wie sieben blutrünstige Kampfhunde beim Anblick von Rrrasbo.«

»Ach so, ja, klar doch«, rief Theo und kletterte zu mir auf die Terrasse. Er pflanzte sich hin und kramte in seiner ausgebeulten Hosentasche herum. Einen klimpernden Augenaufschlag später kam eine kleine durchsichtige Tüte zum Vorschein, in der sich drei meiner allerliebsten Leibgericht-Knödel befanden.

»Hmmm ... lecker.« Ich verschwand pfeilschnell hinterm Lenkrad und kam mit einer Serviette zurück. Schließlich weiß ich, was sich gehört.

Während ich mein wohlverdientes Frühstück genoss, starrte Theo wie hypnotisiert auf die eiserne Lady vorne auf der Terrasse.

»Ich habe mir schon immer gewünscht, mal einen Rolls-Royce in echt zu sehen«, hauchte er ehrfurchtsvoll. »Das da, also die Figur auf dem Kühler, das ist *Emily*?«

»Von mir aus«, murmelte ich mit vollem Mund. »Ich hab ihr keinen Namen gegeben.«

Hallo? Warum sollte ich bitte schön einer Metallfigur 'nen Namen geben???

Theo grinste. »Nein, nein, du hast mich falsch verstanden, *Emily* ist berühmt. Sie ist sogar die berühmteste Kühlerfigur der Welt und auf jedem Rolls-Royce vorne drauf. Es sei denn, sie wird geklaut, was leider sehr oft vorkommt.«

Aha, aha – das hatte ich natürlich gewusst. Wollte Theo nur testen. **Is ja wohl testologisch.**

»Kluger Junge, kennst dich grandios aus«, säuselte ich gönnerhaft und machte mich daran, den dritten Knödel zu vertilgen.

»Weißt du, Flätscher«, druckste Theo nun verlegen herum, »ich-ich kenne mich in vielen Dingen richtig gut aus. Und ich kann total gut kombinieren. Darum weiß ich das auch mit den geklauten Kühlerfiguren und so. Na ja, und weil das so ist, bin ich … äh, möchte ich richtig gern ein Detektiv sein. Ein großer Detektiv natürlich.«

Während Theos sonst so blasse Wangen plötzlich im wildesten Leuchtturmrot zu glühen begannen, verschluckte ich mich fast an einem Semmelknödelhappen. Dieser Theo, ganz ehrlich, diese Sache mit Theo und mir wurde immer … oha, unheimlicher. Nicht nur, dass er meine Sprache beherrschte, er liebte Semmelknödel heiß und innig und träumte insgeheim von einer richtig großen Super-Detektiv-Karriere.

Ganz genauso wie ich!
DETEKTIV
FLÄTSCHER

4

»Das trifft sich gut, denn zufällig bin ich der größte Detektiv der Welt und gerade auf der Suche nach einem mir gleichwertigen Assistenten.«

Okay, einen Moment hatte ich gebraucht, um dem Semmelknödel-Erstickungstod zu entkommen. Das hinterhältige Teil war mir nämlich glatt in die Luftröhre gerutscht, und wenn Theo nicht sofort reagiert hätte, dann wäre es wohl nichts geworden mit Meisterdetektiv Flätscher und seinem Assistenten.

»In echt?«, fragte Theo.

Empört rümpfte ich die Nase. »Natürlich! Was für eine Frage. Sehe ich etwa so aus, als ob ich es nötig hätte, unechte Dinge zu sagen und meinen

zukünftigen Assistenten an der Nase herumzuführen?«

Theo zuckte die schmalen Schultern. »Ich weiß nicht. Ist schon alles etwas … verrückt.«

»Papperlapapp, lass uns lieber planen. Als Erstes brauchen wir ein erstklassiges Detektivbüro.«

Ich schaute mich einen Moment mit kritischem Blick in der Garage um, bevor ich triumphierend verkündete: »Schon gefunden!«

Theo kratzte sich am Kinn. »Hier? Ich meine, du meinst, hier in der Garage?!«

»Jaaa«, sagte ich gedehnt, damit er es auch wirklich kapierte. »Ganz genau hier, Theo, werden wir unsere Hinterhof-Detektei eröffnen.«

Theo nickte wild. »Find ich gut. Und was ist mit einer Sekretärin? Alle großen Detektive haben eine Sekretärin. Schließlich muss jemand an das Telefon gehen, wenn wir gerade in gefährlicher Detektivmission unterwegs sind.«

Oha, oha, der Junge dachte ja richtig mit.

PERFEKTO.

»Ich höre mich mal um«, erklärte ich nachdenklich. »Schon möglich, dass ich sogar schon jemanden wüsste, den ich fragen könnte.«

»Echt? Wen denn? Wow, das ist ja sooo cool. Ich bin ganz aufgeregt. Wenn mir das heute Morgen einer gesagt hätte, ich hätt ihm glatt 'nen Vogel gezeigt …« Theo strahlte wie ein Honigkuchenpferd. **»Toootal verrückt. Aber sooo toll.«**

»Ruhig, Brauner, ganz ruhig.«

Theo blinzelte verlegen. »'tschuldigung. Es ist ja nur so, dass …« Er stockte, starrte plötzlich auf seine Hände, als ob er sie gerade erst entdeckt hätte.

»Nun sag schon. Vor Flätscher muss dir nichts peinlich sein, Theo«, sprach ich ihm aufbauend Mut zu. »Schließlich bist du doch jetzt mein Assistent, und da gilt es umso mehr, keine Geheimnisse voreinander zu haben.«

Theo schniefte. Oha, der wollte doch jetzt nicht etwa das Flennen anfangen?! **BLOSS NICHT!**

»Keine Sorge, ich heul jetzt hier nicht wie ein Windelkackerbaby herum«, sagte Theo.

Ups, konnte Assistent Theo etwa meine Gedanken lesen?

»Aber bevor nun wirklich aus uns ein Team wird, Flätscher, da-da muss ich dir noch etwas gestehen.«

OHA! Theo war in Wirklichkeit ein Alien. Oder stand er auf Ballett? Oder, noch schlimmer, er liebte nichts mehr als Volksmusik?!

Okay, ich könnte mir Kopfhörer besorgen. Dann sollte das eigentlich gehen. Obwohl …

»Ich hab jetzt nicht gerade 'nen Stall voll Freunde, Flätscher. Nur Tom und Eric, aber die haben immer keinen Bock auf Detektivkrams und so. Tom hat neulich sogar gemeint, dass sei doch alles Kindergartenblödmist. Und wenn ich denen jetzt auch noch von dir erzähle, dann halten die mich für komplett plemplem.«

Ach sooo, das traf sich ausgesprochen gut. Schließlich zog auch ich, der große Flätscher, das Einzelgängerleben vor. Natürlich nicht aus Mangel an Freunden und so. Bestimmt nicht!

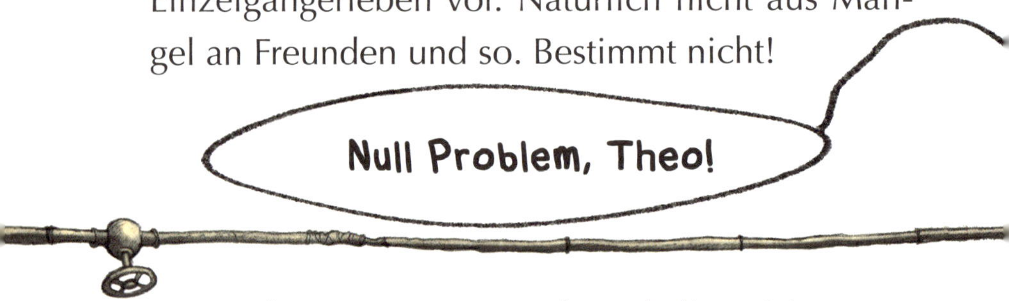

sagte ich mit – **MIST** – total wackeliger Stimme.

»Jetzt hast du ja mich. Und davon muss echt keiner was wissen. Wobei ich denke, dass die Welt eh bald erfahren wird, dass es zukünftig sämtliche Gauner, Verbrecher und miesen Halunken mit uns zu tun bekommen.«

Theo strahlte wie die Lichterketten in der Vorweihnachtszeit.

»Echt? Ich meine, echt? Du und ich, du denkst, wir sind-können-werden berühmte Superdetektive?!«

»Is ja wohl logissimo.«

Theo kam mir verdammt nahe. Oha, oha, der wollte mich doch jetzt nicht etwa in den Arm nehmen oder so?! **Lieber niiiicht!**

Elegant hüpfte ich von der Terrasse und machte flugs ein paar Klimmzüge an meiner Trainingsstange.

Bewundernd sah mir Theo dabei zu.

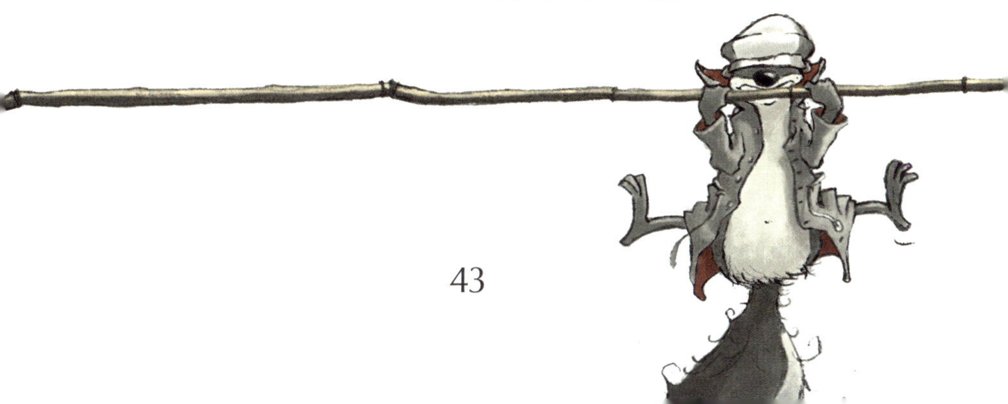

»Du solltest dich zukünftig auch körperlich fit halten, Theo«, riet ich ihm keuchend. »Schließlich ist die Grundvoraussetzung für extrem schnelles, geistiges Denken und Handeln ein perfekt durchtrainierter Körper.«

»Mein Vater hat in der Abstellkammer ein paar alte Hanteln herumliegen«, sagte Theo voll motiviert. »Die hole ich heute Abend gleich mal raus und trainiere damit ein bisschen.«

»Sehr vorbildlich«, fand ich.

Theo grinste zufrieden. Dann warf er einen Blick auf seine Armbanduhr und zuckte erschrocken zusammen. »Verflixte Hölle, so spät ist es schon?! Mein Vater wird stinksauer sein. Ich sollte doch mit zum Großmarkt fahren. Verdammt. Okay, tut mir leid, Flätscher, aber ich muss jetzt erst mal flitzen. Bis später.«

»Äh ja, alles prima … und Tschüss dann …«, rief ich dem davonsprintenden Theo nach.

Plötzlich war es still in der Garage. So wie sonst auch immer. Nur jetzt war es irgendwie anders still. Sonderbar. Sehr sonderbar.

»Was soll's«, sagte ich laut und deutlich, damit es auch jeder – **ALSO ICH** – hören konnte. »Dann marschiere ich jetzt mal ruckizucki rüber in den Keller der 7a und halte Ausschau nach der guten O-Clique.«

Gedacht, gesagt und auf der Stelle in die Tat umgesetzt. Schließlich bin ich Flätscher, der Meisterdetektiv!

JAWOLL!

5

»Flätscher? Welch seltener Glanz in unserer bescheidenen Hütte.« Olaf, der Chef der O-Clique, staunte nicht schlecht. Aber auch Mo, Jo und Flo starrten mich total verblüfft an.

»Wohl wahr, wohl war«, nickte ich in die Runde der Kellermäuse.

»Und was verschafft uns nun die Freude deines Besuchs, Flätscher?«, bohrte Olaf nach.

»Bestimmt bist du nicht wegen dem frischen Gorgonzola gekommen, den wir erst gestern Spitzenkoch Bode abgeluchst haben?!«, kicherte Mo. Flo und Jo stimmten albern mit ein.

Damit spielte Mo natürlich auf meine äußerst unschöne Käseallergie an. Leider pappte mir jedes Mal die Zunge am Gaumen fest, sobald ich auch nur das kleinste Fitzelchen Käse verspeiste.

Zu dumm, zu dumm.

»Ich bin auf der Suche nach einer Sekretärin«, erklärte ich betont geschäftsmäßig. Ich hatte nämlich keine Lust auf Käsespäße zu meinen Lasten. »Wäre hervorragend, wenn ihr euch umhören könntet.«

Olaf runzelte die Stirn. »Sekretärin? Wozu brauchst du denn eine Sekretärin?«

Ich zupfte mir das feine Barthaar zurecht, bevor ich mit gesenkter Stimme antwortete. »Ich eröffne eine Hinterhof-Detektei.«

»Super!«, rief Mo.

»Genial!«, rief Flo.

»Voll gut!«, rief Jo.

Nur Olaf sagte nichts. Er wiegte den Kopf hin und her und starrte mich nachdenklich an.

»An einer Zusammenarbeit interessiert, Flätscher?«, murmelte er schließlich lässig.

Ich zuckte vage die Schultern. »Schon möglich, schon möglich. Müsste erst mal mit meinem Assistenten darüber reden.«

»Du hast einen Assistenten?« Olaf schien beeindruckt. Was nicht allzu oft vorkam. »Wer ist es denn? Kennt man ihn? Kommt er von hier?«

Ich ließ mir Zeit. Sehr viel Zeit. Erst zwirbelte ich noch ein bisschen meinen Schnurrbart. Dann betrachtete ich eingehend die Krallen meiner linken Pfote. Anschließend atmete ich noch einmal tief durch – und ließ die Bombe platzen: »Theo! Mein Assistent ist Theo!«

»Welcher Theo?«, rief die O-Clique im Chor.

»Ich kenne nur einen Theo«, gab ich launig zurück.

»Wir auch. Und das ist der Sohn vom Spitzenkoch Bode. Aber der wird bestimmt nicht dein Assistent sein«, meinte Olaf zu wissen.

Oha, oha, wie man sich doch täuschen konnte.

»Ist er aber!«, säuselte ich triumphierend.

»Nicht wahr!«, röchelte Olaf.

Ich beschloss, nicht näher auf das ungläubige Geschwätz der O-Clique einzugehen. »Also, was ist jetzt mit einer Sekretärin, könnt ihr mir einen Tipp geben?«

»Wir-wir melden uns bei-bei dir, falls wir was hören«, stammelte Olaf. Die Sache mit Theo hatte ihn scheinbar komplett umgehauen.

Als ich kurz darauf die Kellertreppe der 7a hinaufschlenderte, passierte etwas äußerst Mysteriöses! Ein dunkel gekleideter Mann mit gewaltigem Vollbart stürmte aus der Hintertür des Wilden Elch. Er rannte quer über den Hof, schoss haarscharf an mir vorbei und setzte dann zu einem wirklich beeindruckenden Sprung über den Jägerzaun an.

»Na, der hat es aber eilig«, murmelte ich kopfschüttelnd.

Doch dann musste ich selbst schnellstmöglich das Feld räumen, denn Bode tauchte im Hinterhof auf. Sein Gesicht glühte in den wildesten Rottönen. Dicke Schweißtropfen glänzten auf seiner breiten Stirn. Die Kochmütze thronte beängstigend schief auf seinem dunklen, wirren Haar.

»Du Lump!«, brüllte er. »Du verdammter Betrüger!«

Meinte der etwa mich? Und hatte er womöglich den kratzigen Jutesack erneut im Anschlag? Ich wollte es nicht darauf ankommen lassen und folgte sicherheitshalber dem flinken Bärtigen über den Jägerzaun. Zumal sein Hinterhof-Sprint mein meisterdetektivisches Näschen ein wenig zum **ZUCK-ZUCK-ZUCKEN** gebracht hatte!

Kreuz und quer eilte der Bärtige durchs Viertel. Dabei glotzte er sich ständig nach allen Seiten um.

Verdächtig, verdächtig kam mir sein Verhalten vor. Ganz besonders, als er in das uralte Gasthaus in der Kanalgasse, das schon ewig leer stand, verschwand.

Ich legte mich genau gegenüber auf der Mauer auf die Lauer und wartete. Und wartete.

Gerade als ich beschloss, das Haus etwas näher zu betrachten, öffnete sich die windschiefe Tür und …

»FAUCH! KNURRRR! FAUCH!«

Okay, das Gasthaus samt bärtigem Bewohner musste warten. Jetzt hieß es erst mal, dem fetten Kater eine Lektion zu erteilen. Langsam nervte der mich nämlich **EXTREM!**

CHHHHHHH
CHHHHHHH

HHHHHHHHH
CHHHHHHHH

QUiiiiiiiiiiiiiiii

SCHWUPPS
OTAUSGANG FÜR STINKTIERE
(BITTE FREIHALTEN!)

VOLLBREMSUNG
QUIIIIIIIIII

6

Bonjour, Monsieur. Mein Name ist Cloe. Ich habe gehört, dass hier eine Stelle als Sekretärin frei ist?

Was? War? Das?

Oder anders: Wer war **SIE?**

Noch nie zuvor hatte ich eine derart strahlende, schillernde und überwältigende Erscheinung gesehen.

»Monsieur, ist Ihnen nicht gut? Sie sind ja plötzlich ganz blass?!«

»Ich …« Ich schüttelte den Kopf. »Mir …«

Cloe trat ganz nahe an mich heran und tätschelte mir die Stirn. »Komisch, Sie sind weiß wie Milchschaum, aber

Ihre Stirn glüht heiß wie loderndes Feuer. Womöglich haben Sie hohes Fieber?!«

»Nein-nein, ich m-muss nur etwas tr-trinken«, krächzte ich und rannte zum Fass, in dem sich mein Dachrinnenwasser befand. Zum Glück hatte es die letzten Tage mächtig geregnet, sodass es randvoll war. Und da mir wirklich **glühend-teuflisch-hitzig-schwitzig-kochend-heiß** war, steckte ich den Kopf komplett ins Fass.

Als ich wieder auftauchte, stand Theo plötzlich neben Cloe und starrte mich verwundert an.

»Flätscher, was machst du denn da?«

Ich schüttelte mir das Wasser aus dem Fell, straffte die Schultern, holte tief Luft und sagte dann so gefasst, wie es mir in diesem Zustand möglich war: »Gut, Theo, dass du gerade kommst. Das ist Cloe, unsere neue Sekretärin.«

Lächelnd reichte Cloe Theo das zarte Pfötchen und säuselte glockenhell: »Eigentlich bin ich ja Sängerin. Also bald. In naher Zukunft, sozusagen.«

»Verstehe«, sagte Theo und lächelte breit zurück.

Dann aber wandte er sich an mich. Nun sehr aufgeregt, fast ein wenig hektisch: »Cloe kommt uns gerade recht. Wir haben nämlich schon unseren ersten Fall.«

Ich spitzte die Ohren. War nun endlich wieder durch und durch der Meisterdetektiv Flätscher. »Wo? Was? Wer?«, feuerte ich meine erstklassig durchdachten Fragen auf Theo ab.

Und Theo, der übrigens weltbeste Assistent, antwortete ebenso professionell: »Tatort: *Wilder Elch*! Verbrechen: Rechnung nicht bezahlt! Geschädigter: Spitzenkoch Bode. Also mein Vater!«

In ähnlich punktgenauen Sätzen schilderte Theo mir, dass seit Wochen ein Unbekannter regelmäßig das Restaurant *Wilder Elch* besucht. Er speist und trinkt äußerst teuer. Wenn es dann aber ans Bezahlen geht, verschwindet er so schnell aus dem Restaurant, dass Spitzenkoch Bode nur noch einen Luftzug spüren kann. Da der Betrüger jedes Mal in einer anderen Verkleidung das Restaurant betritt, bleibt er stets unerkannt.

»Mein Vater ist schon so verzweifelt, dass er

neulich einem völlig unschuldigen älteren Gast wie verrückt am Bart herumgezogen hat«, sagte Theo. »Und das nur, weil er dachte, er sei der fiese Rechnungnichtbezahler und der Bart nichts als Tarnung. Er war aber echt und der Gast hat fluchtartig und laut schimpfend das Restaurant verlassen. Bestimmt kommt der nie wieder.«

»Herrje, herrje«, zwitscherte Cloe und schlug die Pfötchen vor der Brust zusammen. »Das ist ja wirklich ganz, ganz schrecklich.«

Theo nickte. »Du sagst es, Cloe. Natürlich spricht sich so etwas ganz schnell herum. Die Gäste bleiben aus und, na ja, wenn das so weitergeht, dann muss der Wilde Elch vielleicht schließen. Und dann ist mein Vater arbeitslos und wir müssen womöglich wegziehen. Nach Bielefeld. Oder Itzehoe. Oder Frankreich oder … was weiß ich, jedenfalls megaweit weg.«

Oha, oha, das ging natürlich überhaupt nicht. »Ein äußerst brenzliger Fall«, gab ich zu. »Doch aufgrund meiner außerordentlichen Beobachtungsgabe habe ich schon einen Anfangsverdacht.«

»Was?« Theo staunte und Cloe strahlte. Prompt wurde mir flau im Magen.

»Also, dann schlage ich jetzt vor, Theo, wir untersuchen erst einmal den Tatort.«

»Wie spannend das klingt«, rief Cloe entzückt.

Und während ihr auf Ganovenjagd geht, richte ich unsere Hinterhof-Detektei ein.

Ich nickte. Cloe klimperte mit den ewig langen Wimpern und – **O NEEEIN** – meine Knie fühlten sich wie Wackelpudding an. Ich musste mich kurz an Theos Hosenbein festkrallen, sonst wäre ich womöglich …

»Alles gut bei dir, Flätscher?«, raunte Theo mir zu.

»Is ja wohl logissimo!«, behauptete ich. »Und nun lass uns keine Zeit mehr verlieren, Theo.«

Schließlich wartete der erste äußerst gefährliche Kriminalfall darauf, von uns gelöst zu werden!

PLEITE
GESCHLOSSEN

7

Spitzenkoch Bode lag auf dem Sofa und schnarchte. Um ihn herum herrschte ein heilloses Chaos.

»Mein armer Vater! Er ist vor lauter Sich-Gedanken-Machen am helllichten Nachmittag eingeschlafen. Das hat es noch nie gegeben«, jammerte Theo voller Mitleid.

Ich kratzte mich am Hinterkopf und wollte natürlich erfahren: »Aber warum hört sich deine Stimme nach Bedauern an, Theo? Das ist doch äußerst förderlich für unseren Fall. Wenn Spitzenkoch Bode tief und fest schnarcht, dann können wir uns wenigstens ungestört im Restaurant umsehen.«

Erst nickte Theo. Doch dann schüttelte er wild den Kopf. »Aber gleich kommen doch der Hilfskoch und der Tellerwäscher und Kati und Suse, die beiden Kellnerinnen. Wenn sie den großen Bode so vorfinden … Nein, Flätscher, das ist ihm bestimmt nicht recht. Und dieses Chaos hier überall. Wir müssen aufräumen, bevor die Angestellten und vor allem die Gäste kommen.«

»Aufräumen? Wir?« Ich starrte Theo fassungslos an.

Theo schenkte mir einen treuherzigen Dackelblick. »Alleine schaffe ich das **NIIIEMALS**!«

Verträufelt, verträufelt. Ich war ein Detektiv – ein Meisterdetektiv sogar. Bestimmt kein Tellerwäscher und Staubwischer. Außerdem lautete eine meiner Devisen:

NIX ist lästiger als Aufräumen!

Aber Theo war wirklich verzweifelt. Und wenn ich genau darüber nachdachte, dann konnte ich beim Saubermachen ebenso gut und detektivisch nach Spuren suchen.

»Nun gut, nun gut, dann lass uns mal die Ärmel hochkrempeln und loslegen«, verkündete ich großzügig.

Theo rief: »Flätscher, du bist ein echter Freund! Danke! Das vergesse ich dir nie!«

»Pssst, Theo, pssst, pssst!«, machte ich.

Theo musste wirklich noch viiiel lernen. Zum Beispiel, dass man sich am Tatort möglichst leise und konzentriert verhält – und bestimmt nicht dafür sorgt, dass der Spitzenkoch aufwacht und den Meisterdetektiv in den Kartoffelsack steckt.

Bedauerlicherweise konnte ich keine Fährten ausmachen, die der miese Semmelknödeldieb ungewollt gelegt hatte, damit sie uns direkt zu ihm führten. Im Idealfall hätten dann sofort die Handschellen geklickt – **KLICK! KLICK!**

Und Spitzenkoch Bode hätte mir aus lauter Dankbarkeit Semmelknödel auf Lebenszeit angeboten. Anschließend wäre ich zurück in die Detektei, um mich von Cloe ausgiebig bewundern zu lassen.

Oooo yeah!

Bloß – so war es nicht. Null und kein bisschen.

Und es wurde sogar noch unschöner. Kaum hatte Theo das letzte gespülte Glas in die Vitrine hinter dem Tresen gestellt und ich das letzte kleine Staubkörnchen umgedreht, unter dem sich womöglich ein Superhinweis verbarg, hörte ich es hinter mir bösartig knurren.

»Grrrrrrrr, grrrrrr, grrrrrr!« Natürlich dachte ich sofort an Rrrasbo. Oder die Knesemeier. Oder den gefleckten Köter, der seit Neustem drüben im Eckhaus wohnte. Sein Frauchen, eine gewisse Natalie, spielte im Hinterhof immer ein total lächerliches Spiel, das sie Hol-das-Stöckchen-Humphrey nannte. Wenn das vierbeinige Humphrey-Geschoss dann losjagte, gab es dabei genau solch ein Knurren von sich.

Ey, Humphrey-Blödbacke,
hol lieber das Stöckchen und stör
den Meisterdetektiv nicht
bei der Arbeit!

sagte ich ärgerlich, während ich schnell zu ihm herumfuhr.

Doch – **PUSTEKUCHEN!!!** – kein Hund! Kein Kater! Keine Knesemeier-Hexe!

Du-du verdammtes Viech! Jetzt mach ich dir aber ein für alle Mal den Garaus! Denkt hier eigentlich jeder, mit Bode kann man es machen, oder was?!

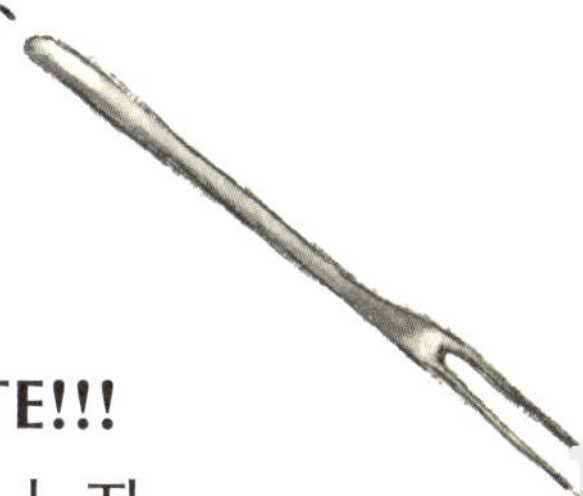

Oha, oha, der Spitzenkoch war aufgewacht und hatte nichts Besseres zu tun, als Jagd auf mich zu machen.

Hallo?! Dabei war ich doch **DER GUTE!!!**

Während ich mich noch hektisch nach Theo umguckte, flog das erste total gefährliche Küchenmesser haarscharf an meiner Ermittlernase vorbei.

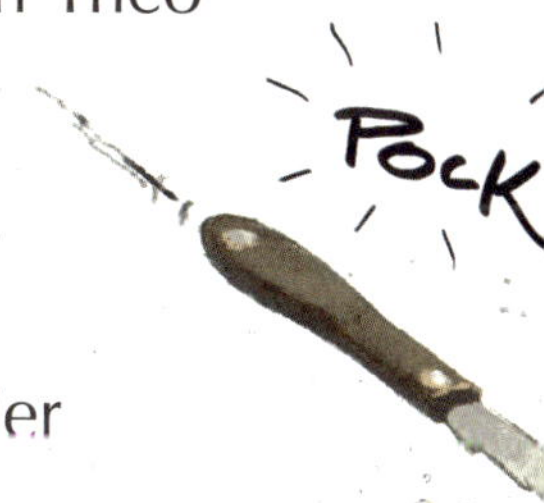

Oha, oha, das war knapp. Ich musste hier weg, Bode meinte es nämlich **MESSER-ERNST!**

Doch – wohin???

Ich hockte in der Falle.

Vor mir war die Wand, links das Weinregal, rechts eine Truhe und hinter mir der extrem feurige Spitzenkoch Bode.

Schon flog das nächste Messer an mir vorbei und landete – **PLONG** – in der Wand.

AUWEIA!

»Theo!«, rief ich. »Theeeooo!«

»Ja, fiep nur, du feiges Katzenvieh. Deinetwegen rieche ich wie ein Stinktier. Überhaupt bist du an allem schuld, und deshalb mach ich jetzt Hackfleisch aus dir«, drohte der Spitzenkoch.

Fiepen? Katze? **HALLO???**

Ich wölbte den Rücken nach oben, hob das elegante Schwänzchen und …

»Papa! Schnell! Der Rechnungnichtbezahler ist im Hinterhof!«, quiekte Theo mit extrem hoher Stimme. »Nun komm schon. Sonst entwischt er noch!«

»Rühr dich nicht von der Stelle«, befahl mir der Spitzenkoch. »Ich bin gleich zurück und dann …«

Ja, klar doch. Als ob ich hier artig in der Ecke hocken bliebe und darauf wartete, dass Bode mich durch den Fleischwolf dreht, um mich seinen Gästen zum Abendessen zu servieren.

Denkst aber auch nur du, grantiger, gemeingefährlicher, bösartiger Messerwerfer!

Der große Flätscher machte sich jetzt sofort auf den Weg zurück in die Detektei. Und Spitzenkoch Bode, der konnte mich mal gernhaben. Sollte er seinen miesen Betrüger doch selbst jagen. Mir doch egal. Wer mich Meisterdetektiv-Stinktier zum wiederholten Male Katze nannte und mit hinterhältigen Klingen nach mir warf, den wollte ich bestimmt nicht zum Kunden haben.

Außerdem hatte Theo den Betrüger scheinbar längst gestellt, so wie sich das Gepolter im Hinterhof anhörte.

Mich brauchte demnach hier eh keiner mehr!

DETEKTIV FLÄTSCHER
MEISTER DETEKTIV FLÄTSCHER
BÜRO
PRIVAT
EMPFANG
POST
SCHLITTER
ANMELDUNG NUR NACH VOR ANMELDUNG

8

»Flätscher, Sie sind ja schon wieder zurück.« Cloe wuselte hektisch durch mein stilvolles Zuhause. Allerdings erinnerte hier nur noch wenig an das *Zuhause,* das ich vor Kurzem verlassen hatte. »Ich bin doch noch gar nicht mit allem fertig.«

»Was-wo-warum-was-ist-denn-hier-passiert?«, stammelte ich, während ich mich entsetzt umsah.

Cloes eben noch so funkelnde Augen verdunkelten sich. Das Stupsnäschen begann leicht zu zucken und dann rollte ihr auch schon die erste kleine Glitzerträne über die samtige Wange.

»Es gefällt Ihnen nicht, Flätscher?! Stimmt's?!«, schniefte sie enttäuscht.

Oha, oha, das hatte ich bestimmt nicht gewollt.

»Aber nein, aber nein, verehrte Cloe. Es ist ganz … äh, *wunderbar* geworden«, log ich.

Cloe blinzelte. »Wirklich?«, fragte sie unsicher.

Ich nickte. »Ja, ganz prima und auch wirklich schön. Danke.«

Nun lächelte Cloe. Nur ein bisschen, aber es war eindeutig Freude.

»Gerne doch, Flätscher …«, säuselte sie erleichtert. Dann fiel sie mir stürmisch um den Hals.

OHA, OHA! Mein dummes Herz wummerte wie verrückt. Und dann begann es auch noch in meinen Ohren zu rauschen. Das war bestimmt das Blut, das mir im Sturzflug aus dem Kopf in die Pfoten schoss. Kein Wunder, dass mir davon ganz schummrig wurde.

»Ich muss mich mal kurz setzen«, krächzte ich und sank an Ort und Stelle zu Boden. Also mitten in der Garage … öhm, Detektei.

»Flätscher? Um Himmels willen, schon wieder ein Schwächeanfall? Sie müssen dringend zum Arzt.«

»Nein-no-non-niet-nej«, zischelte ich.

Cloe sah mich verständnislos an. Doch bevor sie etwas sagen konnte, tauchte Theo in der Detektei auf.

»Was ist passiert?«, fragte er besorgt. Er stürmte auf mich zu, packte mich unter den Achseln und hievte mich hoch. Manometer, war das peinlich.

»Nun lass das doch«, schimpfte ich. »Glaubst du, ich kann nicht alleine aufstehen?! Und was willst du eigentlich hier? Dachte, du bist voll und ganz damit beschäftigt, den Semmelknödeldieb dingfest zu machen?!« Meine Stimme klang nach beleidigter Leberwurst. Das hörte ich selbst. Prompt bekam Theo wieder diese Radieschenaugen, die er immer bekam, wenn er **TOOOTAL** auf dem Schlauch stand.

»Aber das habe ich doch nur so gesagt«, meinte er. »Weil, weil ...« Er stockte, zwinkerte mir unauffällig zu – eben so, dass Cloe es nicht mitkriegte – und fuhr schließlich mit bedeutungsvoller Stimme fort:

»Weil du doch gerade mit etwas *anderem* beschäftigt warst.«

»Hä?«, machte ich.

Theo hatte ohne Frage nicht alle Tassen im Schrank. Dieses Gezwinkere – jetzt schon wieder. Und der eigenartige Unterton in seinem Gebrabbel. Was sollte das? Er hatte doch mitbekommen, dass ich beinahe vom Spitzenkoch Bode geschnappt und zu Omelett verarbeitet worden war.

»Flätscher«, zischte er mir nun leise zu. »Das habe ich doch nur gesagt, um dich vorm Spitzenkoch zu retten.«

O Mann, ansonsten wäre ich dann wohl bei meinem allerersten Meisterdetektiv-Einsatz hopsgenommen wurden.

Und endlich kapierte ich es: Theo wollte mir diese flammende Peinlichkeit vor Cloe ersparen.

»Danke«, murmelte ich schwer gerührt. So ein guter Assistent, so ein umsichtiger Assistent.

Is ja wirklich assistentogenialo!

Allerdings gab ich mich nur einen winzigen Moment der Schwäche hin. Dann drückte ich entschlossen die Schultern durch und erklärte detektivisch: »Folge mir, Theo! Ich hab natürlich längst eine andere Eingebung, wie wir uns den Betrüger schnappen können!«

Mit stolzgeschwellter Brust marschierte ich … äh, ja, wohin eigentlich?

»Hier entlang geht es zu Ihrem persönlichen Meisterdetektiv-Büro, Flätscher«, zwitscherte Cloe und wies mir mit einer einladenden Geste und honigsüßem Lächeln den Weg.

»Bingo, Flätscher, das ist ja der Oberkracher«, rief Theo. »Wie hat Cloe das in der kurzen Zeit bloß alles hinbekommen? Bestimmt kann sie zaubern oder so?!«

Ja, auch ich war beeindruckt. Ohne Frage. Aber das ließ ich mir natürlich nicht anmerken. Schließlich war ich ein Meisterdetektiv und kein Schönes-Zuhause-Reporter. Oder ein Zimmereinrichter. Detektive legen keinen Wert auf Äußerlichkeiten. Ihnen geht es nur um die Gerechtigkeit. Lumpen zu überführen und knifflige wie brandgefährliche Fälle zu lösen. **JAWOLL!**

»Nun gut, nun gut, Theo, zurück zum Fall«, erklärte ich deshalb betont sachlich.

»Echt?«, fragte Theo. »Ich dachte, ich meinte, ich habe befürchtet, ich war der Meinung …«

»Manometer, Theo, fasle nicht so wirr daher«, fiel ich ihm ins Wort. »Das schickt sich nicht für Flätschers Assistenten. Sag, was du zu sagen hast!«

Theo grinste schief. »Schon gut, Flätscher. Ich dachte halt, du hast keinen Bock mehr auf den Fall, jetzt, nachdem mein Vater schon wieder Jagd auf dich gemacht hat!«

»Und mich eine Katze genannt hat«, ergänzte ich verschnupft.

Aber ich war viel zu sehr Profi, als dass mich solche Nebensächlichkeiten von meiner Mission abhalten könnten.

»Mückendreck und längst vergessen«, erklärte ich gnädig. »Und jetzt zu meinem Plan, Theo. Spitz die Ohren und lausche den Worten des genialen Meisterdetektivs Flätscher!«

»Okidoki, Flätscher«, grinste Theo noch eine Spur breiter. »Dann schieß mal los.«

Die Sache stinkt!

GARDEROBE
WC

Sanfte Jazzmusik schallte aus den Lautsprechern. Ein helles Lachen zwischen gedämpften Stimmen erklang. Gläser klirrten, Besteck klapperte. Aus der Küche drang schwach das Geräusch von brutzelndem Fett in den Gastraum.

Fleißig wuselten die beiden Bedienungen durch das Restaurant *Wilder Elch*. Sie begrüßten die Neuankömmlinge, reichten die Speisekarten, nahmen die Bestellungen entgegen, servierten die Getränke und Gerichte und taten einfach alles dafür, dass die Gäste sich wohlfühlten.

Mein Assistent und ich hatten ebenfalls alles im Griff. Uns entging nichts. Mit geschultem Adlerblick registrierten wir jede Regung der Gäste. Und war die Bewegung noch so klein, der Gesichtsausdruck völlig harmlos, für uns war zunächst jeder der Anwesenden verdächtig.

Nur leider tat sich eine lange, sehr lange Zeit einfach **NIX**!

»Mir tun schon die Knie vom Hocken weh«, beschwerte sich Theo bei mir. »Und meine Augen brennen auch schon total …«

»Papperlapapp, Assistent Theo. Ein guter Detektiv verharrt locker bis zu einer Woche völlig unbeweglich in seiner Beobachtungsposition«, wies ich Theo zurecht.

»Echt?« Theo sah mich ungläubig an. »Sooo lange?«

Ich nickte. »Is ja wohl **detektivischklaro**!«

»Und wenn er mal … äh, na ja, also, okay … zur Toilette muss?«

»Dann verkneift er es sich einfach!«, behauptete ich.

Theos Gesichtsausdruck verwandelte sich von skeptisch in gequält. »Und woher weißt du das?«

Öhm, weil ich es mir gerade ausgedacht habe. Das sagte ich Theo natürlich nicht, sondern: »Steht alles im *Großen Handbuch für Meisterdetektive*!«

»Okay«, krächzte Theo und krabbelte aus unserem erstklassigen Versteck. »Zum Glück bin ich ja nur der Assistent.«

»Theo, stopp! Halt! Wo willst du denn hin? Das-das geht jetzt aber nicht. Wir sind mitten in der Observation.«

»Ich muss aber mal driiingend aufs Klo«, stöhnte Theo geplagt und war – **schwupp** – auch schon verschwunden. Direkt in die breit ausgestreckten Arme von Spitzenkoch Bode.

»Theo? Was machst du denn um diese Zeit hier unten im Restaurant? Ich dachte, du schläfst schon längst?!«

»Ich-ich-ich ...«, stammelte Theo und kniff so doll die Beine zusammen, dass er von hinten wie ein X aussah, »... muss jetzt erst mal ganz schnell weg!«

Theo rannte los – im Zickzackkurs um eine Gruppe neuer Gäste herum.

»Sag mal, geht's noch?«, schimpfte eine dunkle Männerstimme. »Unerhört! Rennt mich fast über den Haufen. Ich dachte, das ist ein Sternerestaurant und keine billige Absteige, in der man von wild gewordenen Kindern umgerannt wird.«

Sofort eilte Spitzenkoch Bode zu dem schimpfenden Gast und versuchte ihn zu beruhigen. Doch der Mann wollte nicht leise sein – er wollte ordentlich Krach machen!

»Und jeder weiß, wo Kinder sind, halten sich meistens auch Tiere auf«, zeterte der Mann lautstark weiter, sodass sämtliche Gäste neugierig zu ihm und dem verzweifelten Spitzenkoch blickten.

»Bitte, nun beruhigen Sie sich doch«, flehte Bode ihn nochmals an. »Ich versichere Ihnen, hier gibt es keine Tiere. Der Junge eben war mein Sohn Theo. Dafür muss ich mich entschuldigen. Eigentlich sollte er längst im Bett liegen. Ich weiß auch nicht …«

»Ach, hören Sie bloß mit Ihren dummen Ausreden auf«, polterte der Mann unbeirrt weiter. »Ich kann nur für Sie hoffen, dass das Essen wenigstens ein Genuss der ganz besonderen Art ist. Ansonsten sehe ich mich nämlich gezwungen, dem Ordnungsamt von diesen unhaltbaren Zuständen im Restaurant *Wilder Elch* zu berichten!«

Oha, oha, der Mann war wirklich mächtig auf Krawall aus. Bloß – warum? Nur weil Theo ihn im Vorbeisprinten ein kleines bisschen gestreift hatte? Das kam mir doch sehr übertrieben vor. Wo-

möglich wollte er mit diesem Radau von irgendetwas anderem ablenken?

Ich zwirbelte mein Barthaar. Ich witterte eine Spur. Ein leiser Verdacht machte sich in mir breit. Eine Ahnung. O ja, plötzlich hatte ich eine meisterdetektivische Eingebung!

Ich musste schnell zu Theo flitzen und ihm davon berichten. Jetzt zählte wirklich jede Sekunde. Wir durften uns keinen falschen Fehler erlauben.

Auf. Gar. Keinen. Fall.

Iiiiiiiiiiiiiiiii!

gellte es so schrill durchs Restaurant, dass mir fast das Trommelfell platzte. **»Eine Ratte!!!«**

Wo? Ich hasse Ratten! Fast so wie Marder. Oder nein, noch viel mehr. Wo also hielt sich dieses abscheuliche Nagefelltier versteckt?

»Da!«, kreischte die Frauenstimme weiter.

Ich guckte mich nach allen Seiten

um. Wo war das Viech bloß? Und dann sah ich ihn – den ausgestreckten Zeigefinger. Er deutete direkt auf die Ratte, äh, auf mich.

Uuuaaarghhh!

Und schon hatte sich Spitzenkoch Bode an meine unschuldigen Fersen geheftet. Tausend Dinge wurden nach mir geworfen. Natürlich verfehlten sie mich jedes Mal, denn auch im Wegflitzen und Entkommen war ich einfach meisterlich.

»Hiiiiilfe! Hiiiilfe! Hiiiiilfe!!!«, kreischte es unterdessen schrill weiter.

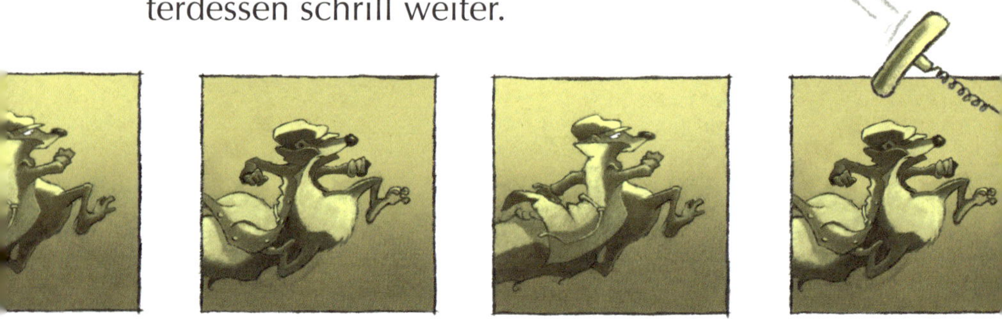

Ich fand ja, die Frau übertrieb entsetzlich. Und nun behauptete sie tatsächlich schon wieder: »Da-da ist die Ratte!«

Am liebsten hätte ich eine Vollbremsung hingelegt und mich in meiner eleganten Pracht vor ihr aufgebaut, damit sie mich nicht länger als Ratte bezeichnete. Diese ständigen

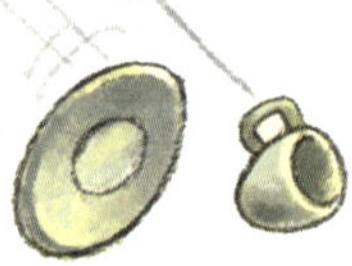

Verwechselungen mit völlig unakzeptablen Typen nervten mich allmählich wirklich enorm. Doch Bode kam so extrem gefährlich nah an mich ran, dass ich der Dame wohl später den Unterschied zwischen einem erstklassigen Stinktier und einer gewöhnlichen grauen Kanalratte zeigen musste.

Und dann fing auch noch der motzende Gast von vorhin wieder das Zetern an. »Hab ich es nicht gesagt, wo Kinder sind, ist das Viehzeug auch nicht weit. Ich kann mich nur wiederholen, unerhört!«

Ich blickte kurz zu ihm – und war mir jetzt absolut sicher.

Der Rechnungnichtbezahler!

Der Kerl, der gestern über den Hinterhof abgehauen war. Der Betrüger, den wir suchten. So war es!

Leider wurde mir der Hauch einer Unachtsamkeitssekunde sofort zum dunklen Verhängnis.

»So! Jetzt hab ich dich, du Kröte!« Die triumphierende Stimme kannte ich. Den Sack leider auch. Und das kratzige Material war noch immer völlig unakzeptabel. Und noch etwas war falsch: Ich war bestimmt keine **KRÖTE!**

Verträufelt, verträufelt!

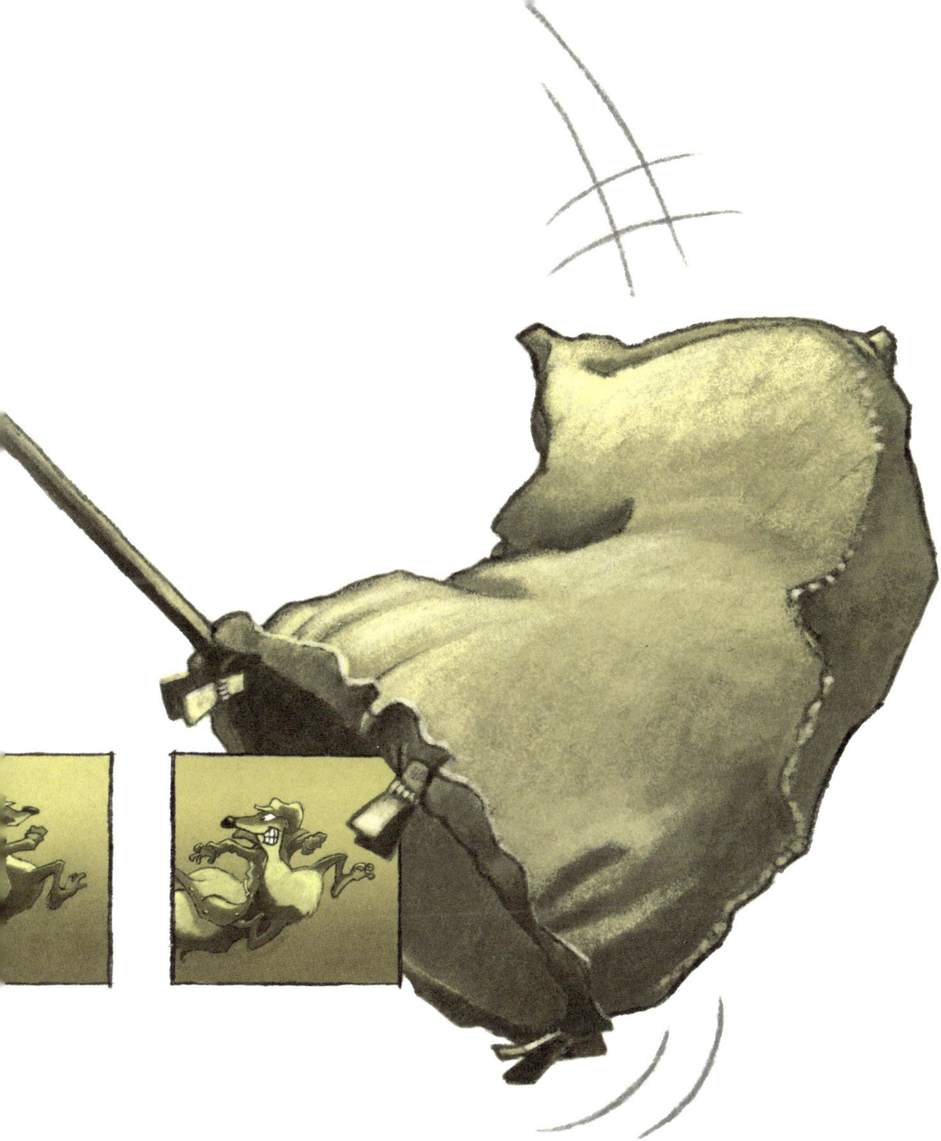

10

»Hier, Theo, nimm den Sack und bring ihn in die Rumpelkammer neben dem Speicher. Ich kümmere mich später darum«, hörte ich Spitzenkoch Bode sagen. »Jetzt muss ich erst einmal dafür sorgen, dass mir die Gäste nicht alle davonlaufen.«

»Mach ich, Papa«, antwortete Theo. »Du kannst dich auf mich verlassen. In echt! Null Problem!«

Dann schlug eine Tür zu und ich wurde unsanft hin und her geschaukelt. Eine Ewigkeit später war endlich wieder Licht zu sehen. Erst ein kleines Pünktchen, dann erschien Theos Sommersprossengesicht in der Öffnung.

»Flätscher, Flätscher, irgendwie scheint es dir im Kartoffelsack ja gut zu gefallen«, sagte er und grinste dabei.

Ziemlich unverschämt, fand ich übrigens. Aber ich verzichtete darauf, ihn zurechtzuweisen. Schließlich hatte er mich gerade das zweite Mal aus dem Sack befreit. Und außerdem durften wir keine Zeit verlieren.

»Kein guter Moment für Späße, Assistent Theo. Wir müssen zurück zum Wilden Elch.«

Theo tippte sich wie verrückt mit dem Zeigefinger gegen die Stirn. »Bist du denn lebensmüde, Flätscher? Mein Vater wird aus dir Stinktier am Spieß machen. Und ich bekomme mindestens hundert Jahre Stubenarrest und Fernsehverbot aufgebrummt«, prophezeite Theo.

»Aber bestimmt nicht, wenn wir ihm den Betrüger auf dem goldenen Tablett servieren«, behauptete ich und war auch schon zur Speichertür gesprintet.

»Ich weiß nicht, ich weiß nicht, Flätscher. Mein

Vater kann manchmal ganz schön nachtragend sein«, gab Theo dennoch zu bedenken. »Zum Beispiel hält er mir noch heute regelmäßig vor, dass ich letztes Jahr an Weihnachten **TOOOTAL** aus Versehen gegen den Baum gerannt bin und dabei zwei seiner Lieblingschristbaumkugeln zerscheppert sind. Dabei konnte ich wirklich nichts dafür.«

Ich stöhnte auf. »Theo, ehrlicherweise muss ich dir gestehen, die Scherben vom letzten Weihnachtsfest interessieren mich gerade nicht die Bohne!«

»Ich wollte dir damit ja nur klarmachen, dass mein Vater manchmal …«

»Schon gut, schon gut, Theo, ich hab's kapiert«, winkte ich ungeduldig ab. »Aber das Risiko muss ich dann wohl eingehen. Also, schwing die Hufe, Assistent, die Zeit drängt!«

Zum Glück stellte Theo nun sein Geplapper ein und folgte mir raus in den Hinterhof. Dort steuerte ich, ohne zu zögern, die Frühstücksbar an und verschanzte mich dahinter.

»Was willst du denn bei den Mülltonnen?«, wollte Theo wissen und blieb mit verschränkten Armen davor stehen.

Das ist doch ... voll eklig!

»Wenn es darum geht, einen Ganoven zu überführen, ist einem Detektiv nichts zu abscheulich, Theo«, klärte ich meinen widerspenstigen Assistenten auf.

Theo sah zwar wenig überzeugt aus, aber er hockte sich trotzdem neben mich.

»Und jetzt?«, fragte er nach weniger als zwei Atemzügen.

»Nun warten wir, dass der Rechnungnichtbezahler durch die Hintertür abhaut. Dann schleichen wir ihm hinterher.«

Theo rümpfte die Nase. »Aber woher weißt du denn so genau, dass der Abendessendieb im Wilden Elch ist?«, fragte Theo weiter. »Und dass er durch die Hintertür entkommen will? Kannst du hellsehen? Hast du einen Tipp bekommen? Womöglich von Olaf und der O-Clique?!«

»Nichts von alldem, ich habe ihn gesehen. Es ist der dicke Mann, den du vorhin versehentlich angerempelt hast. Nur dass er in Wirklichkeit überhaupt nicht dick ist.«

»Nicht dein Ernst?!«, hauchte Theo.

»Und ob. Ich hab ihn wiedererkannt. Trotz seiner Verkleidung.«

»Und woran?«

Verwegen zwirbelte ich mein Schnurrhaar. »Tja, Theo, es gibt Detektive und es gibt Meisterdetektive.«

»Aha«, machte Theo. »Und das bedeutet?«

»Dass dem Meisterdetektiv Flätscher natürlich sofort aufgefallen ist, dass es sich bei dem Mann, der gestern aus dem Wilden Elch geflohen ist, um denselben Kerl handelt, den du vorhin angerempelt hast. Auch wenn auf den ersten Blick keinerlei Ähnlichkeiten bestehen«, sagte ich.

»Aber woher weißt du es dann?« Theo gab mal wieder keine Ruhe. Mir blieb allerdings sowieso keine Zeit zum Antworten. Mit einem leisen Knarren wurde die Hintertür des Wilden Elch geöffnet. Zunächst kam nur ein rotwangiges Gesicht zum Vorschein, dann folgte der mächtige **UNECHTE** Bauch. Vorsichtig lugte der Mann in den Hinterhof, sah sich nach allen Seiten um und öffnete schließlich die Tür vollständig.

»Tatsächlich, der motzende Gast«, keuchte Theo aufgeregt neben mir.

»Pssst, Theo, sonst bemerkt er uns noch«, ermahnte ich meinen unvorsichtigen Assistenten.

Doch Theo hatte schon wieder seinen ganz eigenen Kopf. **Manometer!**

»Ich muss meinem Vater Bescheid sagen. Sonst entkommt der Rechnungnichtbezahler schon wieder«, befürchtete er.

Ich krallte mich an seinem Hosenbein fest. Elegant sah das bestimmt nicht aus, aber was tat ein guter Meisterdetektiv nicht alles für die Gerechtigkeit.

»Bleib hier, Theo!«, knurrte ich. »Wir brauchen keine Hilfe. **WIR** sind doch die Detektive. Schon vergessen?«

Skeptisch blickte Theo mich an, während kostbare Sekunden einfach so verstrichen. Ohne dass wir die Verfolgung aufnahmen. Bestimmt war es gleich zu spät und der miese, motzende Betrüger war über alle Berge. Doch schließlich gab Theo nach – braaaver Assistent.

IN DECKUNG!

»Okay, Flätscher, wie lautet also dein Plan?«

Plan. Plan. Plan. Musste man eigentlich immer einen Plan haben? Bestimmt nicht! Meisterdetektiv Flätscher folgt seinem Instinkt – is ja wohl planologisch.

»Erst einmal verfolgen wir ihn«, beschloss ich.

»Und dann?«

Oha, oha, über diese Sache mit der ständigen Fragerei musste ich noch ein ernstes Wörtchen mit meinem Assistenten sprechen. Davon wurde mir nämlich ganz wuselig im Kopf.

»Komm jetzt einfach mit, und zwar möglichst unauffällig«, brummte ich und schlich detektivisch verdeckt los.

Theo folgte mir in gebückter Haltung.

Doch nach weniger als fünfzehn Stinktierschritten japste er plötzlich neben mir: »Da, Flätscher, da-da ist der Kerl!«

Oha, Theo hatte wirklich Augen wie ein Luchs – ich hätte den Semmelknödeldieb glatt übersehen. Blitzschnell gingen wir hinter dem halbhohen Mauervorsprung neben der 7a in Deckung.

Tatsächlich, er war es! Gerade war der Gauner im Begriff, über den Jägerzaun zu hüpfen. So wie gestern. So wie ich es bereits vermutet hatte – kluger Meisterdetektiv Flätscher, klopfte ich mir innerlich auf die Schulter.

Allerdings wollte dem Betrüger der Jägerzaunsprung nicht so recht gelingen. Was wohl daran lag, dass er gestern schlank wie ein Hering war. Heute erinnerte er stark an ein übergewichtiges Walross.

»Mist!«, fluchte er und fummelte an seinem Hemd herum.

»Was tut er da?«, krächzte Theo.

»Schätze mal, sich dünn machen«, kombinierte ich so exakt, wie es nur mir gelingen konnte.

Theo staunte dementsprechend, als der Kerl tatsächlich sein Hemd aufknöpfte und darunter ein unechter Schaumstoffbauch zum Vorschein kam. Hektisch schnallte er sich den Bauch ab und warf ihn achtlos ins Beet der 7a.

»So ein mieser Schuft«, regte Theo sich auf.

Ja, ja, der Kerl war wirklich mit allen hinterhältigen Ganovengewässern gewaschen.

Ohne den riesigen Bauch gelang ihm nun der

Sprung ganz locker. Schon setzte er seine Flucht fort und wir nix wie hinterher.

War es im Hinterhof durch die zahlreichen Beleuchtungen noch recht hell gewesen, so erwartete uns hinter dem Zaun finstere, komplett schwarze Dunkelheit.

»Ganz schön düster«, krächzte Theo neben mir. »Siehst du den Kerl überhaupt noch, Flätscher?«

»Klaro!«, flunkerte ich.

Eigentlich war ja Theo derjenige von uns mit den Superaugen. Und außer Schwärze war da nämlich tatsächlich nichts. Aber ich ahnte, wohin sich der flüchtige Betrüger gerade verzischen wollte. Schließlich hatte meine juckende, zuckende Nase mich gestern bereits die unauffällige Verfolgung des Jägerzaunspringers aufnehmen lassen.

Hach, was hatte ich doch für ein kluges **Meisterdetektivnäschen!**

KANALGASSE

11

»Das ist ja der Oberhammer«, krächzte Theo schwer beeindruckt neben mir im Gebüsch. »Woher wusstest du, Flätscher, wohin der Rechnungnichtbezahler sich verdrücken würde?«

»Später, Assistent Theo«, murmelte ich. »Später erkläre ich es dir. Aber jetzt folge mir. Und zwar unauffällig.«

Langsam richtete ich mich neben dem Fenster auf. Theo machte es mir nach. Vorsichtig schauten wir durch die Scheibe. Ich spitzte detektivisch die Ohren. Puuuhhh, war das spannend. Also für andere, bestimmt nicht für den Meisterdetektiv Flätscher. **Ich war toootal gelassen.**

»Flätscher, deine Pfoten zittern ja«, flüsterte Theo.

Quatsch! Stimmt doch gar nicht!

»Das ist nur, öhm, die Energie, die durch meinen muskulösen Körper schießt!«, erklärte ich.

»Aha …« Theo blickte mich mit verschwörerischem Blick an. »Dann bin ich also auch richtig voll mit Energie.« Er hielt mir zum Beweis seine zitternden Hände hin. »Und ich dachte immer, ich hätte das große Muffensausen.«

Er zwinkerte mir zu. So nach dem Motto: Hey, Flätscher, du kannst ruhig zu deiner Angst stehen.

Das war natürlich Blööödsinn, weil so ein Meisterdetektiv wie ich hat niiiiemals Angst. Darum schüttelte ich auch wild den Kopf und klappte den Mund auf – und sofort wieder zu.

Das Fenster wurde nämlich gekippt und gleich darauf erklang eine triumphierende Männerstimme: »Das war vielleicht eine Show. Sämtliche Gäste haben fluchtartig den Wilden Elch verlassen. Als ich mich durch die Hintertür verdünnisiert habe, hat Spitzenkoch Bode gerade mutterseelenalleine am Tresen gehockt und geheult wie ein Schoßhündchen. Nach der Aktion macht dein dusseliger ehemaliger Chef sein piekfeines Restaurant für alle Zeiten dicht!«

antwortete eine zweite Stimme, eine – **ups** – Frauenstimme. Wo kam die denn so plötzlich her?

»Aber-aber, das-das ist doch die Marianne«, flüsterte Theo aufgeregt. »Ich erkenne sie an ihrer Stimme.«

Ich gaffte Theo verdutzt an. »Wer ist Marianne?«

»Papas ehemalige beste Köchin«, zischte Theo aufgebracht zurück. »Sie ist vor drei Monaten entlassen worden, weil sie aus dem streng geheimen Spitzenrezepte-Kochbuch abgeschrieben hat. Und das geht wirklich gaaar nicht. Da versteht mein Vater echt

total keinen Spaß. Mann, die war vielleicht sauer, als er sie gefeuert hat. Hat irgendwas davon gefaselt, dass er das noch bereuen würde und so.«

Oha-Oha!

»Dann ist der Semmelknödelnichtbezahler also ihr Komplize«, kombinierte ich meisterdetektivisch.

Theo nickte mit finsterem Schlitzaugengesicht. Mein Assistent war eindeutig stinkstiefelzornig.

»Mannomann, das war echt ein Kinderspiel mit deinem alten Chef. Und dank dieser elendigen Ratte ist er schneller fix und fertig und erledigt, als wir es je geplant haben«, freute sich der Marianne-Komplize. Er lachte meckernd wie ein alter Ziegenbock.

»Von wegen Kinderspiel«, knurrte Theo. »Denen zeig ich jetzt mal, wie böse ein Kind werden kann.« Schon ballte er die Fäuste und schoss wie ein geölter Blitz los. Öhm, bevor ich ihn aufhalten konnte. Und bestimmt hatte ich das so nicht geplant.

Hallo? Theo? Bleibst du wohl hier!!!

Doch er war schon an der Tür und bollerte mit den Fäusten dagegen.

»Aufmachen! Sofort aufmachen!«, rief er mit solch einer Donnerstimme, wie ich sie meinem Assistenten in tausend Jahren nicht zugetraut hätte. »Von wegen meinen Vater so dolle ärgern, dass er ganz verrückt wird und ihm deshalb die Gäste wegbleiben. Das könnt ihr komplett vergessen. Ich-ich lasse euch jetzt nämlich auffliegen! Ich rufe die Polizei! Die Feuerwehr! Die …«

Schwungvoll wurde die Tür geöffnet und ebenso energisch Theo ins Innere gezogen.

KRACH! TÜR ZU! BUMM! ENDE GELÄNDE!

Drinnen kreischte Marianne los: »Theo, hast du uns etwa hinterhergeschnüffelt?!«

Und Theo keifte kein bisschen leiser zurück: »Genau! Und jetzt sag ich alles meinem Vater!«

»Das muss dir kleinem Früchtchen erst mal gelingen«, grunzte der Komplize.

»Ey, aua! Lassen Sie mich gefälligst los. Das-das tut weh!«, krächzte eine Stimme, die sich verdächtig nach Theo anhörte.

Oha, oha, mein Assistent war in Gefahr. In großer sogar. Also musste ich etwas unternehmen. Jede Sekunde zählte. Dennoch flitzte ich erst mal zurück in die Hinterhof-Detektei. Denn dies war der absolut richtige Moment für meine weltallerbeste wie einzigartige

WETZ

DETEKTIV
FLÄTSCHER
MEISTER
DETEKTIV
FLÄTSCHER
BÜRO
PRIVAT
EMPFANG
POST
WETZ
VOR
ANMELDUNG

12

»Flätscher, Sie kommen gerade rechtzeitig zu einer leckeren Gutenachtmilch mit Honig.« Cloe strahlte mich an.

Doch diesmal wurden meine Beine nicht zu Vanillepudding, der zu lange in der Sonne gestanden hatte. Ich war im Meisterdetektiv-Modus.

JAWOLL!

Keine Zeit, Cloe,
ich muss Assistent Theo retten.
Er ist in großer Gefahr!

rief ich meiner Sekretärin im Vorbeiflitzen zu.

»Was? Um Himmels willen, Flätscher, das ist ja schrecklich. Soll ich Hilfe holen? Brauchen Sie

Verstärkung? Ich könnte Olaf und seine O-Clique verständigen?!«

Erst wollte ich verneinen – **HALLO**, ich war schließlich Flätscher. Doch dann hatte ich eine Idee: »Gut mitgedacht, Cloe. Trippeln Sie bitte schnell zu Olaf und der O-Clique und sagen Sie ihnen, dass sie mir zwei von Spitzenkoch Bodes Kartoffelsäcken in die Kanalgasse bringen sollen. Ich halte mich gegenüber der Hausnummer 6 auf.«

Cloe nahm ihre Handtasche und zwitscherte aufgeregt: »Uiii, ist das spannend. Wird natürlich sofort erledigt, Flätscher!« Dann eilte sie wieselflink davon.

Ich sah auch zu, dass ich mir schnellstens die geniale Stunkpistole umhängte, und flitzte in Turbogeschwindigkeit zu meinem gefangen genommenen Assistenten zurück.

JETZT RIECHTS!

Olaf und seine O-Clique hatten perfekte Aushilfsdetektiv-Arbeit geleistet. Doch jetzt war keine Zeit für lobende Worte vom Meisterdetektiv höchstpersönlich.

Theo musste schnellstens aus den hinterhältigen Fängen dieser Marianne und ihres Komplizen befreit werden!

Zu allem entschlossen, stampfte ich zur Tür.

Ein kurzer Blick nach rechts, ein schneller nach links – oha, was war das?

Verträufelt, verträufelt, jetzt ging mir endgültig ein Lichtlein auf. Die gefeuerte Marianne wollte selbst ein Restaurant eröffnen.

Doch dazu musste der verzweifelte Spitzenkoch Bode erst mal seins schließen. Wie fies! Wenn ich das Theo erzählte. Äh, ja, Theo, den sollte ich jetzt wohl erst mal retten.

KLOPF! KLOPF! KLOPF!

»Wir kaufen nich…«, grollte der Komplize. »Ey, was bist du denn für ein süßer kleiner Racker?« Der gefährliche Betrüger ging vor mir in die Hocke und streckte mit sonderbarem Gesichtsausdruck die Hand nach mir aus.

»Marianne, hier sitzt doch allen Ernstes ein kleiner Hund vor der Tür«, rief er ins Hausinnere.

WIE BITTE? HUND???

Hatte der mich tatsächlich gerade einen Hund genannt? Nö, Leute, jetzt reichte es mir aber end-endgültig. Und wie. Und wiiieee …

Ich brachte die Stunkpistole in Position und **ZISCH** – schoss eine deftige Ladung direkt in das verklärt grinsende Vollmondgesicht des Komplizen.

»Uuuaaaarghhhh!«, stöhnte der. »Was i-ist das bloß für ein grausamer Gestank? Uuuuuuuu. Aaaaaa. Uauauaua … mir wird voll schlecht.«

Der Komplize taumelte in den Flur zurück. Trotzdem lud ich noch mal durch und ließ es ordentlich **ziiiiiischen**.

Gerade rechtzeitig, denn schon kam die boshafte Marianne angerannt. »Was ist hier … o mein Gott, wie das muffelt. Hölle, mir wird ganz anders. Grumpf …« Sie sank neben ihrem Komplizen zu Boden.

Darauf hatte ich natürlich nur gewartet. »Olaf, hey, Olaf, Mo, Jo und Flo, bringt die Säcke!«, rief ich meinen Aushilfsdetektiven zu. »Schnell.«

ZISCH

»Flätscher!«, rief Theo von irgendwoher. »Hier bin ich.«

Ich hechtete durchs Haus und fand meinen Assistenten an einen Stuhl gefesselt vor.

So eine Unverschämtheit!

In Turbogeschwindigkeit knabberte ich die Stricke durch.

»Ich wusste doch, dass du mich nicht im Stich lässt«, wisperte Theo schwer gerührt.

Hupsi, plötzlich hatte ich einen dicken Kloß im Hals.

Konnte kaum sprechen. Nur nuscheln. »Is doch Ehrensache, Theo.«

Im nächsten Moment wurden Stimmen auf dem Flur laut: »Kai-Martin, hat der Bengel etwa gerade mit dem Stinkezeug-Viech geredet? Oder bilde ich mir das nur ein, weil ich verstunken wurde?«

»Ich glaub, der Bengel hat 'nen Knall«, röchelte Komplize Kai-Martin.

Oha, oha, die Wirkung der Superstinke ließ nach. »Schnell, Theo, die beiden kommen wieder zu sich.« Und schon flitzten wir los und verschnürten sie zu Paketen –
Arrrrrriba!

13

»Mein Vater hat vielleicht gestaunt.« Theo grinste breit. »Marianne und ihr mieser Komplize waren so verstunken, dass sie sofort alles gestanden haben. Puh, Papa hat sich bestimmt tausendmal bei mir bedankt.«

Na suuuper! Und wer dankte dem Meisterdetektiv Flätscher?

Keiner!

Theo zwinkerte mir zwar verschwörerisch zu. So nach dem Motto: Hey, Flätscher, wir sind schon ein Superteam …

Eigentlich würde ich Theo tooootal gerne anmotzen und auch Spitzenkoch Bode sagen, dass ich der tatsächliche Meisterdetektiv war und Theo **NUR** mein Assistent. Und auch, dass Theo manchmal echt zu viele Frage stellte. Und viel zu laut war. Und hören wollte er schon mal gar nicht auf mich. Aber die Krönung war ja wohl sein Ich-muss-aber-mal-dringend-Pipi vorhin im Wilden Elch.

Hallo, hat man so etwas schon mal gehört?

Ich jedenfalls nicht!

Aber dann fiel mir plötzlich ein, dass er mich zweimal aus dem Kartoffelsack befreit hatte. Und später noch mal vorm garstigen Spitzenkoch gerettet hat. Und auch vor Cloe hat er mich total gut dastehen lassen.

Okaaay, irgendwie hat Theo es ja auch schon drauf. Nur manchmal steht er sich selbst im Weg und dann braucht er halt ein wenig Unterstützung. Und dafür hat er zum Glück ja mich, den Meisterdetektiv Flätscher, der bekannt für seine Geduld und Intelligenz ist. – Also, ganz bald. Sicher jedoch nach unserem nächsten Fall. Oder übernächsten. Oder überübernächsten. Oha, oha, bestimmt irgendwann.

IS JA WOHL LOGISSIMO!

Du, Flätscher, woran hast du denn jetzt eigentlich den Betrüger wiedererkannt?
An seinen Schuhen! Die hat er nämlich vergessen zu wechseln.

Riechst du das?
Nö.
Doch, riech mal genau hin! Irgendwas stinkt hier!
Schnüffel ...
Riecht gruselig. Was Könnt das nur sein?

NA, UNSER NÄCHSTER FALL!

Von Antje Szillat sind bei dtv außerdem lieferbar:

Flätscher 2 – Krawall im Kanal
Flätscher 3 – Mit Spürnase und Stinkkanone
Flätscher 4 – Schurken voraus!
Flätscher 5 – Spuken verboten!
Mein Flätscher Freundebuch
Flätschers großer Mitmachspaß
Drei Pferdefreundinnen – Filmpferd in Not
Drei Pferdefreundinnen – Diebesjagd am Set
Drei Pferdefreundinnen – Ein neuer Star im Sattel
Die Tiefen deines Herzens

Antje Szillat ist freie Autorin und hat zahlreiche Bücher für Kinder, Jugendliche und junge Erwachsene veröffentlicht. ›Flätscher – Die Sache stinkt!‹ war auf der SPIEGEL Bestsellerliste, wurde mit dem Leipziger Lesekompass 2017 und dem Paderborner Hasen 2018 ausgezeichnet. Antje Szillat lebt mit ihrer Familie bei Hannover. Weitere Informationen unter www.antjeszillat.de

Jan Birck ist freier Illustrator, Autor, Trickfilmkünstler und Cartoonist. Er wurde ausgezeichnet mit dem Troisdorfer Bilderbuchpreis und machte sich nicht zuletzt als Zeichner der ›Wilden Fußballkerle‹ einen Namen. Er lebt mit seiner Familie in München. Weitere Informationen unter www.janbirck.de